26歳の1回生

森本 等
morimoto hitoshi

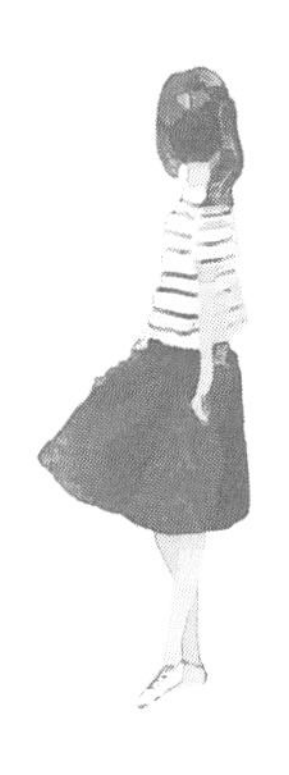

幻冬舎 MC

26歳の1回生

もくじ

プロローグ

２０１３年11月９日　22時34分、メール着信。

『夜分遅くにすみません。模範解答で採点し、１００点満点中72点でした。嬉しくて朝まで待てませんでした。おやすみなさい。』

由里香の57文字から喜びが伝わる。由里香との約束「高卒資格認定受験」最後の科目「数学」の試験合格が確定した。出会いから38カ月、約束から35カ月。由里香の喜びを、３５０キロの距離を、メールは５秒間で繋げてくれた。

6つ目の約束

First

由里香との出会いまでは3年と2カ月遡る。猛暑の8月も終わろうとしていた時だった。勤務先で有るA社Y工場東棟休憩室で新規品の「特別検査員」の面談が実施された。22歳の華奢な長身色白な娘が、派遣会社の担当者から紹介された。

「近藤由里香です」

傍らの長椅子に腰かけているイマドキ女子である。背筋を伸ばした、凛とした雰囲気と緊張の笑顔。

（苦手なタイプだ）

3カ月間の初期管理期間、品質保証スタッフとして間接的ではあるが私の管轄下、つまり、部下にするという事を自分の中で受け入れるまで2分かかった。彼女から発せられる〃ある種の匂い〃を、飲み込む為。

品質保証課長5年目、52歳を超えた夏の終わりだった。

近藤由里香の勤怠はすこぶる真面目で、余計な事もしゃべらない娘で、仕事の吸収も人並み以上に早かった。また要点を理解する頭も有り、品質保証課メンバーともすぐに打ち解け、鍛えられ、可愛がられていく。真剣に検査業務、測定業務に向き合ってくれ、メンバーも本気で由里香の指導に真正面から向き合ってくれた。

164センチ余りの長身、47キロのスリムな体、色白で彫りの深い顔立ちの美形だけに、直ぐに噂が立て込む。

「課長、実は由里香の件なんですけどね」

予想したタイミングで、由里香の仕事の師匠から情報提供があった。

「彼女、いろいろ修羅場を経験して来ているんですよね」

「苦労もしたみたいです」

由里香の、特に技術指導を受け持ってくれている部下からもたらされた情報は、少しの驚きは有ったが、私の想像をしていた想定内の内容ではあった。

半透明なラベンダー色をした修羅の匂いの理由が、少しわかった気がした。22歳の娘は、どんな相手にも愛想良く接し、お高くとまることなど無く、皆に可愛がられる大人顔負けの「したたかさ」が有る。一方で、驚く程の無防備さで、高校時代に経験した若さ故の冒険と挫折を披露していた。その結果として、あらぬ噂を生み、自分を傷付ける。波乱の色濃い青春と、際立つ透明感は周囲にいろいろな波紋を起こす。課の内外の大人たちそれぞれの好感と、嫌悪感含めたさまざまな念を生じさせながらも、品質保証課スタッフとしての、近藤由里香の3カ月の月日は、彼女と品質保証課メンバーとの間に、しっかりとした絆を生んでいった。

「課長、何とか由里香の契約延長をしてくれよ」

暦が12月、派遣契約満了月を知らせる時だった。

「ここで契約終了は、由里香が可哀想だよ」

師匠はじめ品質保証課メンバー全員が由里香の派遣契約延長を懇願して来た。派遣社員の宿命で、業務に慣れ、環境へも順応し、組織への貢献度向上中の由里香ではあるが「新製品の初期管理」が完了予定で有り、予算の計画の厳守と、例外は認められない規定を総合的に判断し、自分は暫く前より、他の方策を目論み、その実施のタイミングを、見計らっていた。年末19日、契約完了となる4日前に、自分は知り合いのある取引先社長に、携帯電話で連携を取った。

私は、由里香の検査員台帳抹消の改訂欄に「森山　まさる」のサインを静かに入れた。品質管理業務を担当して前社含め、はや20年を超える。身長179センチ体育会系で、現場技術スタッフを希望していたものの、希望とは完全に対極的な立ち位置に自分が置かれ、完全定着状態であることを日々実感していた。

「何時も他の人々を助けます」

9歳の時、ボーイスカウト（下部組織カブスカウト隊）入隊時から教えられ、誓い、そして10代後半〜20代に掛けては、後輩に常に語って来たフレーズに限定や例外は、有ってはならない。すなわち「ボーイスカウト精神」が自身の真ん中にある。


週末の紹介先会社での採用面接で、由里香の正社員採用が内定した。何とか滑り込みセーフだ。12月22日。もう翌日が契約最終日で有り、由里香との業務上お別れの前夜手紙にて、6つの約束の依頼事項を記載した。

1. 「3カ月取り組んで来た品質管理業務」を今後もやりきり、「QC検定4級」を取ること。
2. 業務のベースとなる「パソコン操作」をマスターすること。
3. 「自動車普通免許」を取得すること。
4. 「高校卒業認定」を2年間〜3年間で受験して、合格すること。
5. 「好きだった英語」を生かす為、英検3級を取り、その後の進路を考えること。
6. 「他の人を照らす」生き方をすること。

12月23日契約最終日、品質保証課全員で朝から、由里香への色紙に寄せ書きをした。そして由里香に気がつかれない様に、彼女の検査業務中の写真を撮り、色紙に貼り付けた。

そして最終業務を終え検査測定室に、課員全員が集まった。由里香の品質保証課での、契約期間3カ月の労を課員皆で労い、記念品と共に、色紙を彼女に手渡した。

由里香は記念品と色紙を少し驚きの表情と共に、静かに受け取った。青春の勲章が残る白い華奢な腕で。静粛な時間が約7メートル四方の検査測定室に、静かに流れる。その華奢な左腕が涙を拭う為、由里香の大きな目に2度、3度近づけられる。色紙を見つめたまま涙は止まらない。

長い20秒間、いや、15秒だったかも知れない。色紙を見つめたままの由里香に、メンバー全員が労いの言葉を贈る。私も契約延長が出来なかった自身の力不足と、由里香への感謝を本人に、そして今後の彼女のステップを、心配している課員に披露して、上司として最後の指示をした。挨拶を一言、由里香に依頼したが、品質保証課員への彼女の挨拶は、嗚咽になってしまった。

年末の喧騒感漂う事業所の中、検査測定室は透明な、どこか甘く切ない空気と、それぞれの思いが溶け込んで、夕刻薄暮の時を、ほんのしばらくの間、止めていた。

私は、前夜思いを込めて、6つ目の約束を「色紙の右下エリア」に記した。軽い虚脱感が胸に飛来したが、なぜか感傷的なそれでは無かった。2010年、12月23日、部下としての近藤由里香に、最後のメールを送った。

『ご苦労様でした。来年は由里香にとって幸多き年になる様祈り、見守っていきます。来年は格好の悪いメール沢山待っています。』

と。

後日分かった事で、由里香はその色紙を、何日間も終日見ていたらしい……。

2010年、12月23日、由里香と私の「長い長い、挑戦」が始まった。

⚓ Second

2011年1月9日。私が由里香の、就職活動の為に幾つか書いた「推薦状」が、ひょんな事から彼女の実家に返却されてしまった。それがちょうどそこに遊びに来ていた、彼女の叔母、祖母と、母親の目に、留まる事になってしまった。推薦状を読まれてしまったことで一家に由里香の状況が、一気に知れるところとなってしまった。逆にこの関係が公になった事で、その後の2人の活動に多くのメリットをもたらしてくれた。

2月5日、新しい環境で奮闘する由里香を慰労する為に、京急金沢文庫駅近くの焼肉屋に向かう。退職した由里香より、3年生まで在籍した高校時代の様子を聞く。いや、どちらかと言うと由里香から口を開いたと言う方が、正確な表現。

「高校のクラスは3つのグループに分かれていてね、オタク系とサーファー系と。」

「由里香は何系だったの？」

何となく回答のイメージが湧くが、敢えて質問。

「私はギャル系」(正解だった)

私服登校可で、単位制の授業を取り入れている高校であり、比較的自由な校風。三浦半島らしくウィンドサーフィンも授業で有ると聞く。海岸沿いに少し北上すると、佐島、秋谷の立石、葉山森戸海岸となり、そこは風光明媚が代名詞の湘南エリアとなる。少子化の影響で、将来は福祉施設として校舎を使用する計画も有り、校舎内に設置されているスロープが、それを物語る。

由里香の焼肉の好みはタン塩、会う時は何時も旺盛な食欲を、見せてくれる（これなら何とかやって行けそうだな）。食後のコーヒーショップで煙草を吸う彼女の横顔を見て、ひと安心。ノースモーカーの自分が縁する人間には、なぜか愛煙家が多い。

入社した会社でもすっかり馴染んだ様で、品質スタッフとして徐々に実績を上げ始めたとの情報を彼女の上司からの連絡で知ることが出来た。

２０１１年、９月５日に実施された「ＱＣ検定４級」試験に由里香は無事に合格、【１つ目の約束】をクリアした。日常業務でもパソコンを使いこなしている様で、年末の時点で【２つ目の約束】も無事にクリアした。

２０１２年、由里香は今年で24歳になる。いよいよ「高卒認定」への挑戦スタート（母親とスクラムを組むか……）。挑戦をする娘にとって、母親のサポートは絶対条件である。由里香の誕生日が８月１日なので、「ポートランド」のＴシャツがプレゼントアイテムとなった。横浜元町発祥のブランドで「錨のワンポイント」がお洒落で、特に気に入っている。

２０１２年11月24日。中華街で由里香と「近藤裕子さん」つまり、由里香の母親と一緒に食事会を開催した。これが【由里香　支援プロジェクト結成会】となった。

会食の途中で、娘である由里香の奮闘振りと頑張りを、裕子さんに披露した。私が由里香の事を正確に把握している事に感心されており、ひと安心を得る事が出来た。母親である裕子さんは勿論の事、彼女の兄妹や叔母さん、おばあちゃん、それにお父さん（裕一さん）皆、由里香支援プロジェクトの「強力サポーター」となっていた。

由里香の高卒認定取得必須科目は「生物Ｉ」「世界史Ａ」「数学」の３教科であった。（由里香は英語が得意であったが、「数学」が苦手だと言っていたな）

２０１２年が終わろうと気忙しくなった12月の下旬、以前より予測していた名古屋本社への転勤の内示が私に有った。

２０１３年1月22日。名古屋本社転勤による私の、小牧への赴任と、勉強の激励メールを由里香に送る（予想していた事とは言え、由里香も名古屋転勤に対して、不安がある事を、言下に私に伝えていた）。次の日、彼女からたった2文字の返信が有った。

『嫌だ』

由里香が感情を露わにした、初めてのメールであった。


２０１３年3月8日。小牧赴任3日前に、出発メールを由里香に送る。冷却期間を敢えて少し置いた（少し機嫌が直っていれば……）。今度は間を置かず、メール返信が来た。

『気を付けて行って来て下さい、あと父さんが末期がんです。』

ほっとした気分と心配が半ばする。

（このタイミングで嫌な距離だな、３５０キロは）

でもすぐに気を取り直した。昔、青春時代を席捲した『シンデレラ・エクスプレス』が好きだった。ＣＭの映像も、ストーリーも、原作版も。そのＣＭ時に流れる１つのフレーズが、特に私は好きだった。「距離に試されて、２人は強くなる」と。由里香の意思が確かならこの距離は、障害にはならない。その確信が私には有った。

それから1カ月後、4月29日。小田急相模大野駅改札口「高卒認定第1回会場」であるS女子大までの下案内をした。

メールで「世界史A」のQ＆Aを何回かやり取りしていた。世界史に関しては、3大文明の理解度含め、勉強は順調であることを確認している。しかし、由里香の自己申告通り「数学」は苦戦している様で、不安感あり。

従兄と伯父さんが住んでいる、馴染み深い相模大野の街を由里香と歩いていることに何とも不思議な感覚が湧く。発展を遂げる政令都市、相模原市の中心駅小田急線相模大野駅からロータリーを渡り、商店街を抜け、通りを渡り徒歩10分程で、試験会場「S女子大学」に着く。正門から入口を確認。少し方向音痴な由里香なので、乗り換え駅と試験会場までの道順は、丁寧にレクチャーした。試験当日、試験開始時間前に、無事に試験会場に到着することを、祈るのみ。双方に取り、大事な3カ月があっと言う間に過ぎ去っていった。

2013年8月1日と2日に実施された第1回高卒認定。

『受かる気がしません……』

試験の直後に由里香から送られて来た第一報は、自信なさげなものだった。

その3日後の8月5日、さっそく出た高卒認定試験結果を伝える由里香からのメールが来た。

『世界史と生物は無事に合格しました。数学は5点不足、でも少し自信もつきました』と。

『数学は時間不足だったけど、解答したところは殆ど合っていました。』

その言葉から由里香の安堵感と喜びが、伝わって来た。私自身最初の試験でいきなり3教科全部突破は考えていなかったが、全滅の場合モチベーションが下がってしまうため、できれば2教科が合格して、1教科だけ残すのが理想と考えていた。残るは当然「数学」。願い通りの展開。

挑戦のハードルを確実にクリアする由里香、大きな喜びの谷間に大きな不安も飛来する。

1カ月半後の9月18日。予期せぬメールが来る。

『父親の余命宣告有りました。半年と……。父に何かあったら母がすごく心配です。私に何が出来るのか分からない……』

　根性の座った由里香が、動揺を隠せないで居る。もどかしい日々がしばらく続く。メールで激励する。

『由里香の前向きな挑戦の日々が何よりの抗がん剤だよ。絶対に大丈夫だよ。』

　決して慰めるために寄せ集めた言葉では無い。大丈夫との確信が私の心中に満ちていた。


　そして11月9日。迎えた高卒認定の第2回試験は、横浜市青葉区で実施された。終了直後16時24分に送られてきたメールを会議中の机の下で見る。

『ダメかも知れないです。』

　なぜか落胆は無い。22時半過ぎ2回目のメールが届く。由里香の夜分のメールは珍しい。

『夜分遅くにすみません。模範解答で採点し、100点満点中72点でした。嬉しくて朝まで待てませんでした。おやすみなさい。』

　この2カ月はいろいろな辛さを抱えての挑戦であり、それを見事克服。こんなメールを受け取る為に、私のこの挑戦への支援が有ることを、心から実感した。

【4つ目の約束：高卒認定合格】前半戦の大きな山をクリアした。この喜びを忘れないこと。この挑戦の日々と結果は、由里香にとって大きな自信と確信となる筈。

それから1カ月後の12月8日。「合格証書」が由里香の実家へ届く。それは病床の父親の喜びと生きる活力になる。この歴史上大事な節目となった日、由里香の父親も身中に巣食うガンに対し果敢な戦いを宣戦布告した。

一連の出来事を知らせてくれたのは12月15日に由里香の母親、裕子さんから届いた手紙からだった。「出会いと感謝」「日々成長する娘への愛情」「今後の娘の更なる前進への支援の約束」、裕子さんの思いが詰まった文字が心を満たした。そう、まだ由里香と交わした約束が3つ残っているから。

Third

２０１４年１月４日。初めての帰省での正月、そして小牧への帰還、もう当たり前になりつつ有る名古屋郊外の風景と空気。伊吹颪が身も心も引き締めてくれる。由里香も仕事も多忙な様子で、疲れからか、年明けから風邪をひいてしまった模様のメールが届く。

ここからが本当の試練であり、挑戦ロードの佳境となる。英会話をそこそこ習得して英語検定３級を受験し、合格してさらなるステップアップを、とのプランの年である。

６月に入ってすぐ、横須賀の友人から由里香に、中堅企業のオファーが届く。前の由里香の職場の先輩で由里香の理解者であり、その会社に由里香を託した理由もその彼の存在が大きかったからであり、その後も、その友人に由里香の状況は定期的に話していた。その１カ月前、新緑の頃横須賀への帰省時、由里香との会食時にふと漏らした言葉が、心に残っていた。

「私、友人から良く悩み事の相談を受けるの」

意外だったが黙って頷く私に言葉を続ける。

「私はただ聞いてあげるだけ。だけどね、相手の心が軽くなったって。聞いてあげるうちに自分でも役に立てる道なのかなって、思う様になったの」

今まで由里香はどちらかと言うと、会話では快活で発信者側だと、勘違いをしていた。

「すごいな、話が聞けるって、心のキャパが無いと無理だからね」

少しの沈黙が有った。

「森山さん、私、セラピストで、人のお役に、立てたら良いなって、思っているの……」

由里香の視野に「医療セラピスト」が有る。但し、ポテンシャルもキャリアも要する仕事であり、臨床医の資格取得も必須で、本人のすさまじい努力と周囲の支援も必要とされる。その様な事を考えている最中での、共通の友人からの彼女へのオファーで有った。

「中堅会社の品質保証スタッフのオファー」は当然今の部署より、キャリアアップではある。繁忙部署でも有り、流れによってはそこでキャリアを積み、業務による社会貢献をすると言う、路線変更も出来る。いろいろな選択を余儀なくされる時期で有り、由里香はもう、そんな年齢に差し掛かってきた。

それから1カ月半が経った7月末、由里香よりオファーの辞退のメールが、紹介者の友人から転送で届いた。由里香としても、しっかりと時間を掛けて考えた末での結論だろう。これから幾つもの難しい選択が、挑戦する途上の彼女を、待ち受けている筈で有る。

私の小牧での業務がいよいよ佳境に入り、多忙の中連絡が出来ず、その後の由里香の推移が気になりはじめた10月20日に、彼女からメールが届く。11月末付けで現在の会社を退職するとの事。そして、来年度に「医療セラピスト」を目指し、通信大学生としてのスタートを切ると、由里香らしいシンプルな報告が。じっくり考えた末の強い決意が逆に伝わってきた。

『会社は11月一杯です。それから合宿免許の予約とったので、18日間くらい新潟へ行きます。詳細は電話で連絡しますね。』

と。電話は来た試しが無いが、完全に吹っ切れた様だ。勿論、ご両親や親族にもその決意は伝えてある事。心強いのは彼女の叔母が全面支援の態勢で、学費支援の申し出と。教育者でもある叔母は常に、由里香の心強いサポーターである。勿論、彼女の祖母からも熱いエールを送って頂いているとのことだ。

11月25日。横須賀市追浜、業務の都合で帰省の帰り、由里香自宅前で2分間の連絡会。

「今年はTシャツで無くトレーナーだよ」

急な出張だった為、何時ものポートランドには行けずじまい。

「きんぴらごぼう作ったから、食べて下さい」

渡された小さなタッパー。

何時もの気負いも、てらいも無い由里香がいた。安心と小さなタッパーを土産に家路に着いた。

年末の12月中旬、友人達と宴会で盛り上がる様子が彼女から送られてきた。雪景色と共に、

『新潟のお酒は最高です。』

卒業が心配になってきた矢先、12月21日にメールがきた。

『卒業できましたー　何とか。』

【3つ目の約束：自動車普通免許取得】がこれでクリアとなった。以降、会食会では新潟銘柄の日本酒は2人の必須アイテムとなった。

ちょうど時を同じくして、由里香の決意を聞いた直後、赴任地小牧で偶然一村さんという、ごく普通のご婦人と知り合った。これが「セラピーハウス」を開く予定のオーナーだという。目に見えない大きな力がこの「挑戦プログラム」を動かしているのか……。

【5つ目の約束：英検3級】は棚上げとなったものの、次のステップがこれで明確になっ

た。全ての出来事は必然で有り、進む方向性は間違えては、いない筈だ。但し、次のステップは、果てしない道のりと、使い古したフレーズだが、幾多の困難が横たわっている事、必定で有る。

年末、12月28日、金沢文庫駅近く何時もの焼肉屋で、今年1年の慰労と今後の激励会を開催した。

「教習所の周りは私よりみんな若い子なの、私の付いたあだ名がお姉さん」

珍しく畳席でテーブルを挟んだ由里香は、何時になく饒舌であった。

「そこの教習所のメンバーと凄く仲良くなったの」

と。暫く前にメールでも報告が有った。すっかり馴染みとなった焼肉屋さんのマスターが、笑顔でカルビを運んで来た。

「色々な都道府県から集まって来て毎晩近くの居酒屋で宴会だったの」

マスターは意外と会話の内容を聞いていて覚えている。

「卒業して別れる時は皆号泣」

ビールは飲まない由里香だが、日本酒はかなり強く、私は酔った由里香を見た事が無い。彼女への慰労と激励になったかは多少不安が残るが、ご機嫌な由里香の様子に中くらいな安心感が漂う。

金沢文庫駅に戻る為、焼肉店が入る雑居ビルを出て、公園を左手にすずらん通りに戻る。

すぐに、右手に見えるコーヒーショップで女子特有の「別腹」にケーキを入れて、由里香の一服タイム。慰労兼激励会は無事に終了した。お土産は焼肉屋さんから貰ったキャンディーが3つ。金沢文庫前すずらん通りを通り抜ける師走の冷気は心地よい。いよいよ明年、大きな挑戦が始まる。最後の6つ目の約束の実行への着手でも有る。そんな気負いも、悲壮感も由里香には無い。通信大学の入学合否は3月上旬に決まる。

いろいろな事が有った、2014年が静かに、幕を閉じようとしていた。

⚓ Final

２０１５年３月29日、午前10時52分。乗降客で賑わう２３０万都市名古屋の心臓部、ＪＲ名古屋駅、通称名駅。新幹線改札口北口出札前、春特有の甘味を含んだ空気が、名駅メイン通路を包み込む。私は来訪者を迎える時、何時も緑の窓口側の時刻表掲示板前がその定位置となっていた。新横浜駅９時29分発 のぞみの２号車に乗った由里香が到着。ようそ行きの、少し不安げな表情で下り線前方の北口改札ゲートにその姿を現した。

「良く来たな。やれやれだな」

方向音痴の由里香の一大決心の旅、往路の難関突破だ。

由里香の生涯２度目の名古屋訪問、緊張感が少し残る、彼女の笑顔がようやく見えた。名駅構内は喫茶店も禁煙なので、約15分間巡廻し、一服は諦めて名鉄のホームに移動する。名鉄犬山線ホームにと言っても、名鉄は岐阜行き本線も犬山線も同一ホームで有る。すぐ入線した、新鵜沼行急行に乗り込む。約３分後、庄内川を渡ると電車は分岐点へ、右方向へ旋回。犬山線がはじまる。

由里香からの通信大学合格報告メールの証「入学証明書」をロングシートに座りながら見て、私は何とも言えない、感慨深い気持ちになった。

3週間前、地元横須賀追浜の「豚カツ屋勝」で会った時に、小牧の「セラピーハウス」へ由里香を招待する事が急遽決定した。セラピーハウスのオーナー一村美代子さんは気さくで、不思議な魅力に富んだ人。まっすぐで剛毅な面も併せ持つ。由里香に会わせてみたかった。

名鉄犬山線は時速約100キロで早春の濃尾平野を北上する。北名古屋市を経由し岩倉市に入り、車窓は田園風景となる。岩倉駅を越え、風景の緑が濃くなる。やがて電車は布袋駅のホームに滑り込んだ。周辺に何も無い。名駅で我慢を強いたので駅前で由里香に一服をさせる。スミレ色の雨の中、駅前のタクシーで国道155号線を東へ向かう。

約10分後、自宅兼セラピーハウスに到着。私自身2回目の訪問。一村さんと愛犬「ポン」の元気な出迎え。木の素材を生かした、洒落た施術ルームに入る。普段着の由里香が一村さんと歓談する。親戚の叔母と姪みたいな雰囲気だ。

「由里香さん結婚は？」

と美代子さん。

「夢を実現するまで、結婚はいいかなと、思っています」

率直なやり取りに少したじろぐ。

この夢は実現させせる。強い確信にも似た意思が、由里香にも私にも心の真ん中に有る。

「6つ目の約束」に手を付ける重みは互いに充分に、理解しているから。美代子さんが由里香の体と心をほぐす。由里香との挑戦の経緯は何度か美代子さんに、お世話になる度話をしている。剛毅で有るが細やかな感性が有り、由里香にエールを頂こうとしていた。美代子さんは「姿勢を矯正」する事で健康を取り戻し、また維持させる為のセラピストである。今後の方向性も含めて、由里香へのアドバイスも受ける目論見でもあった。

由里香は成長と共に、人に対する洞察力も格段の進歩を見せていた。私の推測が嘘では無い事が、訪問後の彼女の表情や、しぐさでこちらに伝わって来る。濃い蜜柑色の施術着に着替えた美代子さんが、施術の手を止めずに優しく問い掛ける。

「由里香さん、施術を通して人に、元気を与える事も、出来るのよ」

施術台でうつぶせ状態の由里香が口を開く。

「ええ、でも自分は今の方向で進もうと思っています」

静かな口調ながら、はっきりと答える。

由里香の生き方は器用では無い。頑固である。超がつく。それが今では強みとなっている。施術風景を見ながら実感した。

「寄せ書きの色紙に書いたフレーズ、忘れてはいないのだね」

おもむろに私は問う。

「忘れていません」

由里香から即答が有った。

「昨日帰省した息子も由里香さんの事、応援するって祈っているわ」

と美代子さん。施術が終了して、リフレッシュした笑顔の2人と愛犬「ポン」がコラボする。由里香も実家の愛犬「チョコ」を宝物の様に可愛がっている。優しい午後のひと時が流れる。

「他の人を照らす生き方を」。それが由里香の生き方を縛ってしまっていないか？　今回の挑戦で彼女に後悔をさせない為の支援とは何か？　この半年間、私は思考を重ねている。美代子さんに入れて頂いたコーヒーを飲みながらしばしの感慨にふけっていた。


あっと言う間の3時間余りが過ぎた。白いステーションワゴンの愛車で美代子さんが布袋駅まで送って下さった。

「由里香さん、また来てね」

笑顔の美代子さんを見送る。多くの人の厚意が、輝きの人生が、大きな挑戦を開始する由里香への力強いエールとなったはず。

改装中の人影の少ない、名鉄布袋駅、今ここで名駅に戻る為、談笑している事、その談笑相手が由里香で有る事、少し前までの私の人生に1％も有り得ない風景で有った。

やがて、少しくすんだ赤い車両が真新しい布袋駅上りプラットホームに滑り込んできた。


再び、名駅に戻り新幹線指定券と御土産を購入。そして名駅中央通路地下街で夕食を取る。私自身、小牧で3年目を迎えるが「赤味噌」はどうも好きになれないでいる。「手羽先と赤味噌」が、本日の最後の由里香の挑戦アイテムとなった。「手羽先」は即合格。

「何時もご馳走になって、本当に申し訳ありません」

何時になく、神妙な表情の由里香。

「出世払いで勿論ＯＫだよ」

彼女の笑顔がレシートとなった。


再び、名駅中央通路に出る。名古屋滞在は実質8時間弱。由里香に名古屋や小牧の街はどんな風に映ったのか、良い気分転換になってくれたか、いくばくかの不安が心に有った。年度末の夕刻、名駅新幹線改札口付近はそれぞれの街へ帰路に着く人、また出迎える人でごった返している。この名駅の混雑時の風景や空気もいつの間にか私は好きになっていた。

「いろいろ有難うございました。私、一村さん大好きです。よろしくお伝え下さい」

18時44分発東京行きのぞみに乗るため、北改札口中央で由里香を見送る。振り返った彼女の穏やかな笑顔に、先程の不安は氷解した。

それから3日後、2015年4月1日、「通信大学生1回生近藤由里香26歳」がスタートした。夢へ向かって26歳の春。長い、長い6つ目の約束の実行が始まった。

でも、その船出は、孤独なそれでは無い。多くの人の希望、願い、思い、祈りが由里香の背中を押して、包んでいるから。見守っているから。4年半の様々な思いが、心を駆け抜けて行った。

だが、未だこの挑戦は折り返し地点にも到達していない。

約束、そして夢の実現

⚓ First

第1期（2015年度）7月通信大学単位認定試験に向け、自主課題レポートの研修が開始された様子が由里香から届いた。5月29日夜、長文メールだ。研修項目がある。

①「教育と心理の巨人たち」
②「心理と教育を学ぶ為に」
③「問題解決の進め方」
④「英文法　A To Z」
⑤「日本語とコミュニケーション」

人の悩みに寄りそう。綺麗なフレーズだが「恋愛相談にのる女子会」のステージとは趣を異にする。真摯に人に向き合った故、人の善性を信じた故の挫折や苦悩も有る。そんな人達が漂流の末、一筋の光明を見出す言葉、慰めは、秀逸な感性や優しさを前提とした、深淵な思考と鋭利な知性、そして迸る情熱と確信が必要とされる。

『教育と心理の巨人たち以外はレポート提出し、及第点です。』
認定試験のステージへ何とか進めそうな由里香の奮闘且つ、大健闘のステータス・レ

ポートであった。何時ものシンプルな表現ながら、

『辞書を見ながら毎日格闘していますが、教育と心理の巨人たちはまだ、教科書すら読了していません。』

高卒認定とは次元が違う土俵に、身構える由里香の息使いが、ひしひしと伝わって来た。

知識・教養を身に付けると、言葉で言ってしまってはそれまでだが、由里香は時には、いや、随時と言うべきか、彼女自身と真正面から向き合わなければならない。愚直で、真摯に物事に取り組む特性が、彼女の人生で初めて、本格的に発揮され始めたことを感じる。難関な峰に立ち向かう由里香の息使いが、思いが、シンプルなメールから伝わって来る。但し、悲壮感、重圧感は無い。大きな壁を実感しつつ、それを凌ぐ決意の深さが彼女を前へ進ませている。そしてその歩みと並行する様に、由里香の父親のガンの進行が止まった。

由里香の挑戦はもう既に、彼女個人の挑戦では無く、ご両親や親族、彼氏や友人も巻き込んだ、大きなイベントに昇華していた。特に「他の事は心配せず、勉強に集中するべし」と彼女に同棲を提案し、生活全般を担う彼氏の支援と心意気には、感謝と共に挑戦ロードでの不思議な縁を、私は感じていた。

この数カ月間で由里香は大きな変貌を遂げた。これからも遂げ続けるだろう。いや、本来持っている彼女の真の姿が、現れたと言った方が良いのだろう。由里香の決意は本物であり、不動のものであり、周囲もこの挑戦を本気で信じ、支援をし、背中を押してくれている。この長文メールで確信した。それらの周囲の応援と揺るぎない決意を前提としても、1人で勉強する事の孤独感と焦燥感、また、資格取得に行くまでのステップ毎の専門知識の習得と高いレベルを要求されるレポート審査と時々の結果に対し、時には姿を見せる筈の弱い自分自身と、由里香は対峙し続けなければならない。

それならば此方もいよいよ、支援のギヤを入れ替えなければならない。この由里香の挑戦への私の支援は「足長おじさんごっこ」でも「SNS良いお話シリーズ」狙いでも無いのだから。350キロの距離など意味の無いフェーズに入った事を実感する。挑戦5年目の2015年の初夏から盛夏が、濃密なリズムで駆け抜けて行った。

9月3日、18時53分。前期通信大学1回生の認定試験「Finalレポート」が由里香から届く。「第1期、認定試験結果」の報告メールである。受講科目毎の前期評価点が記されていた。何れも及第点である。想像していたイメージを由里香の実際の成長が凌駕する。

①「教育と心理の巨人たち」……A◯
②「心理と教育を学ぶ為に」……B
③「問題解決の進め方」……A
④「英文法　A to Z」……A◯
⑤「日本語とコミュニケーション」……B

その4日前の8月30日、久しぶりの地元追浜「豚カツ屋勝」での慰労会を開催した。由里香の表情が明らかに変貌している。表情が精悍になり、意思の強さと気品の様な物が、元々美人ではあった顔立ちに、ある種のオーラをまとわせていた。

「顔つきが変わったな?」

と私の問いに、由里香は笑って答えた。「年を取っただけでしょ」と。

追浜駅前、コーヒーショップで煙草を吸う由里香の横顔にも幾ばくかの自信が芽生えて来た事が感じられる。また、彼氏のサポートも地に足が付いた物で有る事、本気で有る事を感じた。この由里香の挑戦と研鑽の日々が、彼氏との間で、強い絆を生んでいる事を垣間見る事も出来た。それらが相まって、彼女の表情に自信となって表れて来ているのだと。

15分後、人気の少なくなってきた、京浜急行追浜駅前信号を渡り、隣駅京急田浦から自宅に帰る為、正面エスカレーターに乗り、2階にある駅改札口に向かう私と、駅から左手、国道16号線を線路に沿って南下する彼女と、駅前ロータリー隅で別れる。

「ごちそうさまでした」

急に居ずまいを正す、戦う大人になって来た通信大学1回生の由里香と。

暦は熱気を残したまま、2015年の秋を迎えようとしていた。そして、この挑戦を開始して5回目の夏が過ぎ去ろうとしていた。

⚓ Second

２０１５年10月25日、由里香は終日韓国語研修である。丁度横須賀帰宅日で有ったが到着時間と合わず、年末まで韓国語研修の感想インタビューは持ち越しとなった。

近くて遠い隣国で有る大韓民国。「百済王朝と大和民族の歴史」を持ち出す事も無く、古来より文化、政治、産業の交流（恩恵は日本の方がより享受している）と民族学的にも繋がるこの隣国との良好な関係無くして、東アジアの日本の確かな未来は有り得ない。その国の文化、歴史、心を知る為「言語の習得」は人を知る上で欠かす事の出来ないステップとなる。

２カ月後の年末、セラピスト美代子さんを横浜へ招待し、由里香も交えての食事会を企画した。

横浜マリンタワー展望台より、左眼下の氷川丸を起点に視界中央に掛るベイブリッジが師走の陽光の中に、左手前に赤レンガ倉庫、その奥がみなとみらい21エリア、さらに奥に東京湾横断道路、房総半島の丘陵地帯が薄いシルエットで、このパノラマを壮大に演出する。美代子さんにもこの美しい横浜の街の風景を一度案内したかった。

およそ2年振りの横浜中華街。美代子さんを先に店に案内し、私は17時前にＪＲ石川町駅に戻る。流石に年末28日、元町や中華街の玄関口で有り、さしてスペースの広く無い、石川町駅北口は多くの観光、通勤、待ち合わせの人間で溢れている。

待つこと15分、ウエーブの掛かった、セミロングにイメージチェンジした由里香が改札口に現れた。

「途中、乗り換えで戸惑ってしまいました」

が第一声。

薄明の17時10分、青春時代を過ごした横浜の街。現在、横浜からみなとみらい線が走っており、中華街の最寄り駅元町・中華街駅が設置されたがなぜか、この石川町駅北口から中華街へのアプローチを私は好む。由里香を促し、北口を出て左手を直進、すぐ道なりに右旋回「中華街西門と信号機」が前方に現れる。横断歩道を渡るとみなと総合高校が左に、3分程歩くと中華街のメインゲートの1つで有る「善隣門」に至る。身動きが取れない程の人でごった返すメイン通路左側を約1分、左手に本日の会食会場である、「横浜中華街‥萬珍樓本店」に無事到着した。

美代子さんとの9カ月振りの再会を喜ぶ由里香、美代子さんも促し何時もの2階右ラウンジのシートへ。社会人デビューの頃以来の事だと懐かしむ美代子さんを交え、会話が弾む。

「勉強に集中出来る様、彼氏と相談し一戸建てを横須賀南部郊外に購入予定です」

と由里香が近況トピックを披露する。

「由里香は今、バイトはしているの?」

「なかなか良いバイトが見つからなくて……」

ソバージュヘアーの奥、伏し目勝ちに由里香が力なく言葉を返す。

バイトでそれなりに稼いで、勉強も集中と、言うがやすいが、実際は至難の業である。

彼氏は勉強に専念することを了としてくれており、有難い限りだ。もう、由里香の挑戦は彼氏を含めた家族の人生の大事なライフワークとなっている。研修学科は「英語の発音主体のプログラム」に苦戦中、との事。数学は管理図やばらつき、分布とそれらの各公式の問題に、頭を抱えている模様。教科の専門性やステップアップに従い、もう既に片手間での自己研鑽は困難となっている。


萬珍樓の絶品の豚肉焼売や五目チャーハンは美代子さんにも好評。久しぶりの2人の歓談は、母娘の様な雰囲気で時計の針を進める。あっと言う間に19時となる。美代子さんを新横浜駅へ送らなければならない。今夜は時間制限がシビアで有る。何時もと変わらぬ表情で、由里香は横浜駅で新横浜へ向かう為車両に残った私達2人に手を振り、帰路に着いていった。

その翌日、中堅メーカー品証スタッフのオファーを出してくれた友人と、1年振りに会食をした。

「今思えばオファー断った事で、より彼女が決意を深められて良かったのでは？」

と、友人が言った言葉が印象に残った。自分でいろいろ悩んで結論を出した由里香と、その経過の初期から傍に居て、挑戦する事を含め彼女を好きになり、その支援も当たり前のライフワークとしてくれている彼氏の先輩でもある。

「2人が人間的に大きくなっていってくれる事、願うばかりですね」

双方を良く知る友人の言葉は重かった。

そして新たな分岐点となる2016年が明けた。3度目の小牧の正月、伊吹颪は穏やかである。この由里香の挑戦の記録を残そうと思い、昨年春よりメモ程度に「ノンフィクション・ドラフト文」を書いていた。ひょんな事からそれを本社女子社員に披露する事となった。すると直ぐに続編や、スピンオフ作品の要望があり、要望に沿う形で、適時最新版を書く事となってしまった。

元々定年を機に、ある物語の続編（シーズン２）をスタートしようとしていた頃だった。もう何人もの人間が由里香の挑戦に対し、エールを送ってくれるまでになっていた。

『外国語取得必須単位、全部受かりました。心配かけて、ごめんなさい。』

2月21日、18時32分、ロングメールが由里香から届く。

『4年で卒業する為には、単位が足らないので今学期から倍の教科数を受けます。だめでもともとです。』

決意のコメントが続く。

『今学期から、心理学と数学（統計学）がメインになると思います。支援宜しくおねがい致します。』

通常6年間での「資格取得期間」を4年間に短縮する事への決意とステータスレポートのメールで有った。彼女の勉強の負荷は増すが、経済的にはとても賢明な選択である。あと3年、２０１９年3月の第2章のゴールを目指す。今年のメイン、心理学と統計はいよいよ、教科の専門性も難易度も増して行く。益々濃い自己研鑽と、理解とスキルアップが、由里香に求められる。

【英語の発音テキスト】と共に、２回目の小牧招待を手紙に記し、郵送した事へのお礼と、もうテキストが不要になってしまった事からメール冒頭で『ごめんなさい』のコメントがある所以だ。研鑽と資格試験のステップは環境の確立と、由里香の集中力で今後も前に進める手応えを、彼女本人も私自身も感じていた。挑戦の初期では考えもしない事象や、課題が現れ、そしてそれらをまた絶え間ない努力と、明晰な頭脳で由里香は克服していく。行動や身の処し方は不器用な由里香では有るが、各単位取得で見せた根性と、集中力だけでは無い思考の柔軟さ、頭脳の明晰さが益々顕著になって来た。

但し、３年後の卒業（通信大学卒業）も未だ、挑戦の第2ステップに過ぎない。幾つかの資格取得と共に、更に険しい峰が待ち構えている。由里香もそれをとうに視野に入れている。暦は既に２０１６年の早春を駆け足ですり抜けていった。

⚓ Third

今、通信大学2回生となった由里香に、横須賀から愛知小牧・碧南、福岡・小竹へと「エールの輪」が広がる。「若き日の誓いの人生を歩める人間は最も幸せで有る」と、師が若き日に私に言われた。

皆、自分の心の中の挑戦を由里香の歩みに、重ね合わせているのかも知れない。

困難・障害を超え、夢を実現する事の素晴らしさを「TVマンガのヒーロー達は教えてくれた。今の君の姿は、彼らを悲しませるよ」と歌ったポップスロックのフレーズ、そのフレーズを『幻のスカウトランド』(※森山が１９８５年に自費出版した本)の頁に押し込んだ31年前、私がボーイスカウト隊、隊長としてスカウト達と対峙した時の年齢(27歳~28歳)に由里香は到達した。

『1日の勉強の空白を作りたく無いので、来月の小牧行きは順延させて下さい。』

3月23日、12時43分、ほぼ半年毎に来る長文メール。授業メニューがレポートされる。「由里香の本気」に２０１６年の空気が少しずつ濃く、透明感を増して行く。社会性を隠れ蓑に小賢しい男達は柔軟に、またあっさりと夢を諦め、言い訳を紡いで行く。本気の決意が、行動が人の心に届き、波を起こし人の心を変え、風を変え空気を変え、トレンドを変える。幾多の歴史が、事実がそれを証明している。「21世紀は女性の世紀」と……。

【面接授業】

①人について知る
②記憶と日常生活
③化石に基く地球環境の復元

【放送授業】

①心理臨床とイメージ
②心理カウンセリング序説
③心理学研究法
④発達科学の先人達
⑤人格心理学
⑥児童・生徒指導の理論と実践
⑦博物館　概論

通信大学2回生の研修内容はそれぞれ専門教科の入り口より広範囲の、より深い領域に繋がる。広範な知識・教養を得る為の「ジャンクション」に由里香は辿り着いた。
4月11日、ライトタッチで始まった、由里香のメールのトーンが、後半で一変した。

『彼は大学院卒業までは、生活費の心配はしなくていいと言ってくれていますが、色々出費が重なり、貯めてきた貯金が無くなるばかりです。親の病気や老後の資金、私の子供の為の資金でもともと使う積もりは無かったものなので……、でも仕事をやめ、学校に行くと決めた時から資金不足は覚悟していたので、大丈夫です。』

珍しい昼休みのメールに目を通し、途中で息が詰まって私は軽く深呼吸をして、視線をもう1度携帯に戻した。

『今からいただいたお菓子、食べながら勉強します。最近気がついたのですが、甘い物を食べると集中力が上がります。』

納屋橋まんじゅうは、由里香の活力剤となっている様だ。

覚悟の挑戦、人生を懸けた由里香の挑戦の日々である。

5月2日、夕刻。5カ月振りの会食、8カ月振りの「豚カツ屋勝」初めてのカウンター席。追浜駅より正面へ、明治憲法発祥の地、夏島へ向かう県道を10分程歩いた場所に界隈では有名な「豚カツ屋勝」が有る。3カ月前倒しの由里香の誕生日プレゼントは恒例の、ポートランドのTシャツ。藤色は店長の推し。何時もの様に袋を開けて中身を覗き込む。

「あ、これ好きです」

気に入った様子の由里香に、

「今までプレゼントに外れ有ったの？」

と、嫌みもおまけ。無邪気な笑顔の反面、半年毎に増す大人の風貌がカウンター右隣に。

「由里香はこの半年で、また大人になったな」

「そうですか？　老けただけです」

この8月には28歳になる由里香が応答する。

「森山さんも少し、年取りましたね。半年毎だと、変化が分かります」

厳しい切り返しに返す言葉を私は失う。

「数学の公式は頭に入らなくて、眠りも浅く頭の中にすっきり入って来ない。でも私、心理学、哲学で考える事は、好きだから」

「由里香、近代哲学はソクラテスをどう評価するかで始まるんだ」

やがて、カウンターに出された「ヒレカツ定食」に舌つづみを打ちつつ、由里香の確実な成長に舌を巻く。私はヒレカツのひと切れを、勝手に彼女の皿に移しながら、言葉を継いだ。

「今の由里香と同じ27歳の時、自分は後輩達と大事な約束をしたんだ……今、由里香を応援している事もその約束の一環なんだ」

「……………」

静かに頷く由里香に、約束の経緯を、概要を説明する。

「ボーイスカウトの誓い」は3条の実行を基軸としており、12の掟が続く。
・神（仏）と国とに誠を尽くし　掟を守ります。
・何時も　他の人々を助けます。
・体を強くし　心を清く　徳を養います。（入隊時、上進時に三指の敬礼で隊旗に誓う）
4人の「リーダースタッフ」平均年齢22歳と32人のスカウト達が約した、「人生の誓い」。すなわち、スカウト達と交わした約束、交わした誓いの結果を互いに、確かめ合う。

「幻のスカウトランド：シーズン2」が私の第2の人生目標であり、由里香へのフォロー、挑戦の日々は即ち「スカウト達との約束の一環」で有り、誓い②条の実践となる。

表現を変えれば、誓いの実践「スピンオフ・バージョン」で有ると……。

ボーイスカウト運動の目的「世界平和に貢献する青少年の育成」に真正面から対峙した横須賀第16団ＢＳ隊。「軟派軍団」「トレンド遊戯隊」の評価が1年後には変貌した。

「技能賞取得、上級進級者数」がケタ違いの数になった事から、周囲の評価は批難から称賛に。

我々の活動は、ダイナミックに楽しんだ前半戦も、多くの人を巻き込み技を磨いた、後半戦も何も変わっていない。

毀誉褒貶(きよほうへん)の薄っぺらな評価よりも、互いに尊敬を持って、世の為に生かすそれぞれの技を習得し、人生を前向きに生きる事を、スカウトの掟の実行を誓い合った黄金の日々とその後の人生。

それらの経緯と概略を簡単に由里香に伝えた。

⚓ Fourth

１９８５年夏、神奈川丹沢山系の玄倉付近でボーイスカウト横須賀第16団ＢＳ隊は「夏季キャンプ」を張った。夜、キャンプファイヤーの後、スカウト達がバンガロー広場で夜空を見ながら聞いて来た。

「隊長、世の中で本当の正しい事ってどんな事？」

ＴＶゲーム第一世代だが、デジタル思考と勝手にレッテルを貼っているのは、アナログ世代の為政者の思い込みに他ならない。山中スカウトの問いに、私は静かに答えた。

「自分と周囲を共通利益の方向に導き、争い、差別の無い悲惨の無い、平和共存の世界を足元に創ること、その為の力（知識、技術力、経済力、人徳）を備えたリーダーとなる。その為のスカウティングであり、それが正しい事だと思うよ」

「そうだよね……」

傍らには何人かのスカウト達と、３人の副長達が、丹沢の夜空を見上げていた。

通信大学2回生「前期資格検定」が始まる。暦は梅雨明け～盛夏へと向かう。新居への引っ越しが9月に有り、大きな分岐点の２０１６年も、佳境を迎えた。

研修科目の内容も本番に、「東西歴史と文化、哲学」に向き合う日々、おざなりの激励などはもはや不要。真摯に、一心不乱と言う表現が陳腐になる、この1年間の由里香の疾走。鬼神も避くと言う表現がふと頭に浮かぶ、連携の谷間に由里香の緊張の息使いが、聞こえる様だ。


「豚カツ屋勝」のカウンター席で、由里香がごく自然に切り出した。

「私、何となく、こんな流れになるのかなって、感じていたの。別に頭の中で考えていた訳では無いの」と。

「それも見てれば分かるよ。由里香の顔を」

納得なしで動くことなど無い娘である。


「物事の本質」を理解する力、把握する力が女性は優れているのか？「生命を育む」からだろうか。

破壊と征服を繰り返して来た20世紀、人類に幸せをもたらす筈だった文明も、その破壊と征服のスケールを増大させるツールとしてしまった。21世紀は平和の世紀、女性の世紀、すなわち人間の尊厳が尊重される世界。その為に英知を結集して、具体的な人間尊厳への方向転換を世界規模で進めることが人類にとって急務である。ボーイスカウト運動の創始者、ベーデン・パウエル卿はイングランドの少年達に野外活動をベースとして、ゲームを通し自然の偉大さ、他者を敬う心、自立心や社会性を植えつかせた。世界に広がった運動の根幹に「B・Pスピリット」即ちスカウト精神が有る。

そのスカウト精神を根本に、皆が、実社会において影響を与えるポジションに身を置き、その行使は公共の利益、社会的弱者の利益を考え実施する。

横須賀中央の街、その中心地に【伊野弁護士事務所】が都内から独立して開設され奮闘中だ。31年前ボーイスカウト横須賀第16団BS隊キャンプ地丹沢で、夜空を見ていた当時14歳の伊野秀樹スカウトの「誓いの実行」の証で有る。

『誕生日、おめでとうございます』

6月19日、17時54分。58回目の誕生日に由里香よりお祝いメールが届く。

挑戦を始めた頃、「誕生日イベント」は如何に若い由里香のモチベーションを向上させるかに腐心した。但し、後ろ向きな気持ちで互いに節目イベントを迎えた事は1度としてなかった。

2カ月後の盆休み8月15日、雑踏の名古屋駅新幹線南口改札に、10時前に到着した。のぞみに乗る由里香を待つ。2度目の名古屋来訪、名駅のメイン通路に飛び交うのは「中国語」が主流である。

「犬山城天守からのパノラマ風景」を見せたいのと、今後の激励を美代子さんとしたいのが招待の目的だ。到着の由里香、体調が余り良く無いのと蒸し暑さが、しんどい様子だ。

今日の休みを経て明日には、「後期研修資料」送付の段取りに入るとの事。名鉄特急「ミュースカイ」3号車に乗り込み、一息と近況のヒアリング。髪の毛を後ろに束ね、グリーン地のチェックのシャツとジーンズのラフな出で立ちの由里香で有る。

ミュースカイ号は、岩倉駅→江南駅を疾走そして瞬く間に、目的の犬山駅へ。西口より10分木曽川に向かい直進、右折すると古い城下町が広がる。夏バテで無口な由里香を誘い、犬山城天守閣へ登る。天守閣階段を上がり切った時に、「私、高い所苦手なの」と。

「何だ、初めから言えば辛い思いさせずに済んだのに」

由里香らしいなと。夜のメールに、

『一瞬だけど見えた眼下の風景、とても綺麗でした。』

のフォローも有った。

午後、美代子さんとの再会と施術で、由里香の元気も回復した。少し早めの夕食を取り、互いの近況を報告しあう。小牧の友人達の間でも由里香の挑戦は、ポピュラーな話となっている。あっと言う間の滞在7時間、2人で名駅に向かう。

「シティーハンターの冴羽獠、大好きなの。ちゃらけてはいるけど、状況全部把握していて、瞬間見せるシリアスな表情が好き」

と、名鉄車中で由里香は話す。

(意外だった。自分の知らない由里香がそこに居た)

「自分も主題歌含め、シティーハンターは大好きだったよ」

電車は本線に合流し、庄内川鉄橋を渡り、東枇杷島、栄生駅を経て、地下にある名鉄名古屋駅プラットホームに滑り込む。

盆休みの真ん中とは言え、名駅のメイン通路は濃密な熱気に包まれている。私は何時も、名鉄名古屋駅後方改札から階段を上り、ジェイアール名古屋タカシマヤを左に中央通路に出るのがルーティン。土産物をチョイスして今度は、新幹線北口改札へ向かう。(明日は自分も帰省だな……)

「明日から勉強頑張れよ、お母さん、彼氏に宜しく」

一安心の笑顔を見せる由里香。名古屋発、19時7分「のぞみ」でおそらく、最終訪問になる名古屋駅を由里香は後にした。

いよいよ、後期研修が始まる。面接検定は後廻しとの事。資格試験は2回生の後期2月で有り、勉強もいよいよ佳境に入っていく。これからは、ペーパー試験や資格取得では埋められない試練がくるのは由里香も知っている筈。この領域への挑戦がいよいよ開始される。自分の中に安堵感、高揚感と不安が、意外と拮抗している事を感じる。

9月上旬、待望の新居への引っ越しが無事に終了したとの報告があった。環境の整備が大きく前進した。新居の中にはカウンセラールームも有るとの事。夢の具現化が進む故の悩み、即ち、この不安感の中身と対峙しなくてはいけない時期が迫っている、由里香28歳の晩秋で有った。

Fifth

通信大学2回生「後期資格認定」が始まる。これをクリアすると、春からは早、3回生となる。

新居への引っ越しから3カ月半経過。勉強のリズム、生活のリズムが確立して来た模様。由里香の父の病状も落ち着いており、奇跡は季節と共に日常風景となっていた。年末より「面接実験レポート」に悪戦苦闘の連絡が有り、面接教師への対応も大変難儀な事のメールが入る。「研修科目」はいよいよ専門分野且つ、難易度の高い圏に入って行く。

①認知心理学
②心理統計法
③乳幼児の保育、教育
④錯覚の科学
⑤教育心理学　概論
⑥発達心理学　概論
⑦心理学　概論

高卒認定検定の時（もう3年前か？・）、もろ手を挙げて由里香にエールを送っていた応援席の空気に、変化が起きている。

「すごいな、頑張っているな、自分も是非応援するよ」

と応援団が一気に誕生したのは4年～5年前の事、その喧騒にも似たエールの渦がピークを迎え、昨年、すなわち通信大学生2回生を由里香が突き進む頃から少し、トーンが変わって来た。「これからが正念場だよ」「大変だよ、ここからは」。静観者もポツポツと。

そこには嫉妬、やっかみがブレンドされた、冷笑が僅かだが、顔を出して来た。日々成長し、周囲に影響を与えている由里香の姿に心からの敬意と、称賛を表す事の出来る人間はやはり、希有の存在で有るのか……？


年末、愛知碧南の友人と会食時、由里香の近況を一通り話した。

「もう高みから笑顔で拍手を送れなくなったのでしょうね」

友人の言葉が心に響いた。さらに、

「観客席から眺めている事は嫌です、何か手伝わせて下さい」

と決意も込めてのサポーター宣言。この両極に応援席は分類されて来た。九州筑豊の麻衣子さんもむろん後者。九州への出張時、ふとしたことで、仕事のお礼をしたついでに

「由里香の挑戦」を披露させてもらった。すると年齢も1つ違いの由里香に、麻衣子さんは親近感を抱いてくれ、以降は都度近況を報告する様になっていった。「私に出来る事が有れば、何でも言って下さい」と。私は無謀なリクエストをその場でした。

「今、大変な状況の由里香にエールを送ってくれるかな？」

麻衣子さんは直ぐに、手紙でその要望に応えてくれた。

由里香の応援を通し、それぞれの人間性が透けて見える様になって来る。応援その物も自分と向き合う作業を、余儀なくされる。多くの人が応援席を後にしていった。

由里香の挑戦は色々な面で、新たな色彩を加え始めた。幾つかの心が重なり始め、行動が、祈りが、森羅万象を少しずつ、動かし始めた。

年末12月29日、由里香の新居に近い横須賀・衣笠での待ち合わせをする。恒例の「年末報告会」である。

私自身、12年振りでＪＲ衣笠駅に降り立った。かつては賑わいを見せた改札口だが、人影は少なく、右手奥に佇む由里香がすぐに判別出来た。駅ロータリーを右手に折れ、メインストリートを徒歩2分、少し迷ってしまったが、階段を登ったところにある居酒屋の個室が、セラピスト研修生・由里香の報告会場となった。

「文字って、その人の気持ちが分かるよね」

麻衣子さんの手紙が、由里香の心に届く。

「碧南の友人が、由里香の挑戦に何時も励まされ、自分も前に進めるって言っていたよ」

グラスから視線を私に向け、由里香が笑いかける。

「森山さん、それって私にプレッシャーを与えているの？」

テーブル正面から私も、身を乗り出し一言。「うん、与えている」

「カウンセラーって、共鳴するだけじゃダメですよね？」

勉強のプレッシャーから意識的に今夜は自分で心を解放させている為か、弾んでいる対面の由里香。自己研鑽で飛躍的に増した、知識、知見が会話の端々に見える様になってきた。

「当然だよ。心のキャパ、知識、教養、知見が相手と1対10でないと、カウンセラーは成り立たないよ」

虚を衝かれるまでも無い表情で、由里香が頷いた。（この賢さが、この娘の強さか）

「あっ、オーダーまぐろではなく、サーモンの刺身が良いです」

由里香がいきなり横槍を入れる。

「そうしなよ、遠慮せず」

店の女の子が、微笑む。トロイ親父と賢い気の強い娘に映ったか？

「叔母さんがガンになってしまったの……。すごく応援してくれているのに……。色々な人に恩返し出来ないうちに、時間が過ぎていってしまう……」

突然、由里香がポツリと言った。

「大丈夫、まだ間に合うし、今の由里香の姿に多くの人が救われ、勇気を与えられているよ。叔母さんだってそうだよ」

私は確信を言葉にして、彼女に返した。その確信は後日、きっちりと証明されることとなる。

またたく間に、報告会は予定の時間になった。優しい彼氏が迎えに来てくれる頃だ。

店の女の子が、聞いて来た。

「お2人は、仲良さそうですけど、どんな関係ですか？」

「元上司と部下だよ」

笑顔で即答の私と微笑み返しの由里香。2017年を笑顔で迎えられそうな、年末報告会だった。

Final

通信大学2回生、後期全科目クリア。2月26日11時7分、日曜出勤中に由里香よりメールが入る。苦戦を訴えていた、後期科目で有ったが見事に、ハードルを踏破していく。好物の納屋橋まんじゅうとコメントを添えて送った、定期便に対する返信で有る。

『お礼が遅くなりすみません、お菓子届きました。有難うございました。』

朗報の予感がしてメールを読み続ける。

『今学期、全部受かりました。』

と。普通の女子なら、奮闘の苦労や葛藤も含め、多少の盛りも含めもっと多くの言葉を費やす筈。由里香の場合、わずか13文字で何の装飾もなく、それを伝える。誰も居ない日曜の事務所を安堵感が満たした。

この6年と2カ月、真摯に研鑽を進め、幾つもの壁を越えて来た経験から、実感から、薄っぺらな装飾や、自己賛美などの虚しさを由里香は感じ取っているのだろう。今後の2年間は由里香にとって、大きな節目と同時に正念場となる。

3月の2週目に入ると、陽光が、はっきりと春のそれとわかる様、明るく力強くなった。「26歳の1回生2章ドラフト文」を由里香に手渡す。この挑戦の記録と越えて来た、ひとコマ、ひとコマをどんな形にせよ世に残していく。その私の思いは、書き続けるごとに深くなっていく。

もう由里香の3回生が始まる。もう研修内容は医療領域にも入り、その先には医療セラピストへの道標が見えて来る筈。そして由里香が更に大きく変革し、飛翔を迫られる時を迎えている。由里香が医療セラピストとなり、面会者の苦しみに同苦し、寄り添いながら、苦しみを解放し、明るい未来を方向付ける。根拠も科学も知見も経験も添えて、そして、溢れる知恵と、慈悲を持ってその人の心、人生を照らす医療セラピストへの道標が、由里香のフライトプランに、鮮やかにはっきりと刻まれ始めた。

「私、未だ森山さんに言っていない事、幾つか有るの……」

2年前の会食時に由里香が言った。

「分かっているよ。でも、あえて話さなくていいよ」

私は優しく言葉を返した。

由里香の持っている、無防備な透明感。それが時に深く自分を傷付け苛む事、周囲をも巻き込む事、初対面の時、察知した。

「私ね、とにかく相手の良い所を、見ようとするの……」

由里香が言った。無防備に相手のエリアに、無垢な心で飛び込むことのリスクと代償を、彼女は傷を負って支払った。過去の結果を論評しようが、慰めようが、何ら解決にはならない。その痛みをどう昇華させ、糧として、他者を癒す大きなエネルギーに転化するか？　経験と教養を身に付けることで相手を予め、理解することが可能となる。

また、相手に軌道修正をさせることによって、結果相手をも救うことが出来る。人間の懐の深さだ。但し由里香の純真さと、相手の良い所を吸収する長所は、ベクトルが正しい時、とてつも無いパワーとなって、自己を、周囲を引き上げることが可能となる。

由里香のこの7年に及ぶ挑戦への私の支援のテーマの根幹である。まだ、由里香の過去の傷は完全には癒えていないことを、時々感じる。彼女が16歳～20歳まで、苦しみ、傷付き、傷付け、闇を彷徨したこと、その経験がこれからは、大きなアドバンテージとなる筈。一気にサクセス・ストーリーを駆け上った人間が垣間見ることの出来ない風景の中、由里香は息を吸い、笑い、泣き、日々を紡いできた。

「最も苦しんだ者が、最も幸福になる」。この方程式が普遍ゆえに、由里香が多くの人を蘇生の道、幸福の軌道へ誘い、随行出来る筈。そして、それが由里香自身の夢となった。

「他人を照らす人生を歩むこと」。この約束を果たし、幸せな由里香の笑顔を見るまでは伴走を止めない。7年前に交わした6つ目の約束と、色紙の右端の約束、それは私が、師とスカウト達、私自身に交わした約束でもある。今後、由里香の前に立ちはだかる峰は、より急峻で有り、厳しい道のりになる。そして、そのことを彼女自身が、誰よりも自覚している。4月からの風景は、今までとはまた、違った風景になることの予感が心を満たしていた。

追憶

〈追憶１〉

少女は砂浜に座り、遠く水平線に目をやった。心身に大きなダメージを負った少女は弱い自分と向き合うことを拒絶する日々を送る。過去の、フラッシュバックされる幾多の修羅場との対峙に目を塞いだ。虚構の世界に身を置く少女に戻るべきところはどこにも無かった。１人の親友「千秋」が深手を負った少女に、常にそっと寄り添ってくれた。千秋の友情と、少女の持つ透明さが、虚構の世界からの脱出を決意させた。

少女は家を出た。自立の為、生活の為、仕事を探した。高校は中途退学、先ずは生きる為に、市内の工業団地で職を得た。勤務態度は真面目で仕事もきちんとこなした。そして３年余りの年月が経過した。業務縮小の余波で派遣契約が、期間満了で完了となった。

２０１０年春、既に成人となっていた娘は、近場の、工業団地内の企業に、職場を異動した。そこで暫く働き、ようやく慣れた夏の終わりに、娘は部署の異動を、責任者から言い渡された。その娘の名は、近藤由里香、22歳になったばかりの夏の終わりだった。

初期品質メンバーの「採用面接会場」に私が着いた時、すでに由里香は席に着いていた。一瞥してその時、私の頭によぎったのは、30％の期待と70％の危機回避の感情で有った。

対面して、美人で透明感がある所作、大人と子供の表情が混在する、あどけなさと危うさ。履歴書には綺麗な癖の無い文字が並ぶ。「面倒くさくなりそうな娘だな……」。時間にすると、ほんの十数秒前後か……。

新製品の初期管理品質スタッフなので、順調にいけば3カ月程の付き合いで終わる。派遣契約の過酷さで有り、経営側から見ると便利さでも有った。ひと呼吸して私は面接に入った。

「近藤由里香さんですね、品質の仕事は神経使うけど、頑張れる？」

私自身自覚する程、硬い表情で由里香に第一声を放った。

「はい、しっかり勉強して頑張らせて頂きます」

まっすぐ目を見て由里香が答える。同席していた、派遣会社の責任者がおもむろに、口を開いた。

「近藤さんはすごく真面目で、1度も休んだ事もなく、遅刻もしません。ご実家から独立して、会社近くにアパートを借りて頑張っています。品質の仕事に適性が有ると判断し、指名して連れてきた次第です」

普段は口下手な派遣会社責任者がことの他、由里香を評価している事に注目した。

派遣社員（正社員も変わらず）の場合、多くの労力とエネルギーを注いでも、その結果を待つまでに契約完了が有り、本人の自己都合退職の割合も50％を越える。個人としても、品質保証課としても、由里香を受け入れ、研修し指導する事のリスク、短期間契約で有る事の総合判断を余儀なくされる。

「最初、森山さん嫌そうな顔していたよ」

は後の由里香のコメント。時間にすると1分位か？　由里香の真摯な表情と、まっすぐな瞳を正面に見た。(この娘、ひょっとすると化けるな)。そんな感情が私の中で芽生えた。研修や指導が実るのが、次の職場でも、次の会社でも良い。まず全力でこの娘を育てようと、この1分で、私は結論を出した。もう、そこからはブレない。

「品質保証課として、近藤由里香さんを受け入れます。課員が、私が責任を持って指導させて貰います。近藤さん、色々と大変なこと有るけど頑張って下さい」

由里香の品質保証課所属と契約が成った瞬間だった。あれから7年の歳月が流れていた。

⚓ Second

〈追憶2〉

2010年12月20日夜。

由里香の持つ修羅の香りはまだ、危うい光を放っており、品質保証課での3カ月を無駄にしない為、決意を本気ならしめる為、6~7年先までの近未来プランを私は描いた。

1、中間地点(3年以内)に「高校卒業資格認定」をクリアする。

2、家族の支援の下由里香の強みを全面に出し、4年目より研鑽と就学生活に入る。

3、様々な局面をクリアし社会貢献出来る人材として、更に数年後再スタートする。

勿論、詳細な軌道修正やタイムスケジュールの遅れは付き物で有り、紆余曲折は後半になる程、大きな物となる。2、の後半まで到達するともう、由里香の挑戦は家族・親族を巻き込んだ物となり、その時点での由里香の意思は自信と確信が加わり、より強固となり、挑戦の継続が、私の支援の濃度にも、左右され難くなる。

勝負は高卒認定の合格を、モチベーションの高揚と次の挑戦に向けた中間地点の位置付けで迎える。ここに段取りと、意識をすべて集中させた。由里香の妹への手紙や母親裕子さんとの会食会も、その戦略の一環で有った。

そして全てをクリアして、結果として第3工程に入った時に、本質的な問題が大きな壁として立ちはだかるだろうと。種類は3つ、それが「挑戦期間の最後の関所」となるはず。

1、「研鑽のスキルの難易度」が高く（増し）由里香が挫折を余儀なくされる。

2、「由里香の人間的な成長」が追い付かず、目標到達のハードルが高くクリア出来ず、無力感に襲われ挑戦意欲が低下して挫折中座する。

3、色々な状況の変化や、周囲の人の影響で、由里香の意識が日常の小さな満足感等で薄れ、挑戦の気概を失う。

由里香が、「豚カツ屋勝」でごく自然につぶやいた。

「私ね、こんな流れになると、思っていたの」

と言ったのは女の感性のなせる業だ。私は最低のガイドラインを「高卒認定合格」に設定した。そんなガイドラインを由里香の想像も出来ない強い決意と成長、そして、多くのアシストが、不要な物にしてしまった。

あれから8年、既に各課題の60％程は、すでに踏破している。但し、これからの難易度が、これまでの比では無い。また、この由里香の挑戦は、医療セラピストになることがゴールではない、資格獲得やセラピストハウスの開店がゴールでは無いことを由里香も先刻承知している。むしろそれからが、この挑戦の本番となり、私と由里香と交わした約束の本筋である。

勿論、由里香の挑戦の経過その物が、他人を勇気付け、救うプロセスになっていること、由里香が医療セラピストになった時点で、この挑戦が初めて「価値ある物」となるものではないことは、由里香自身は勿論、挑戦に関わる人間、すべてが理解している。由里香のこの挑戦の道程の途上で見た、美しい風景や、人の温もり、優しさ、奇跡の数々、通信大学卒業や、多くの資格獲得等は、由里香の、そして家族の、友人達の宝で有り、黄金の日々で有り、多くの人間が勇気を貰っており、この挑戦は既に十分価値ある物となっている。

それらをすべて理解した上で、この挑戦に完全勝利したい、前へ進みたい。進ませたい。その由里香の思い、私の思いは、日々に強く、深くなっている。

鳳雛(ほうすう)の確かな未来へ

⚓ First

２０１７年６月29日、昼にはまだ少し時間が有る、新横浜駅。単身赴任先からの帰還異動、４年４カ月振りの横須賀市民復帰。本来は翌年６月に小牧にて定年を迎え、そこで退職しての帰還を想定していたが、ひょんな社内事情から思い掛けない、１年程前倒しの横須賀帰還となった。

幾多のエールを私は九州から、小牧から、新幹線移動中に車中から由里香に送った。また初期にはＱ＆Ａ、帰省時、帰省出張時に試験場探索、激励報告会等を通し、彼女への支援伴走を行ってきた。既に研修は３回生前期。面接試験等が主体で、レポートや筆記試験の努力の成果だけでクリア出来る領域では無くなってきている。また、面接試験落第等は即、夢の挫折となる。由里香のメールから贅肉や感傷が抜けて、事実とトピックだけのシンプルなコメントになって来た事が、研修３回生の立ち位置を象徴している。

私自身も、５シーズン振りの横須賀の日常生活に同期する為、由里香への連携は暫くのインターバルを必要としていた。

２０１８年元旦、久々の連携メール、新年の挨拶メールに対し由里香からの返信が来た。

『チョコが死んでしまい、食事も食べられなくなり、気力が失せていました』

と。溺愛していた愛犬との死別と言う、障害が由里香に現れた。彼女にとっては本当に辛い出来事で有り、軽視など出来ないが、ある意味ほっとしたことも事実である。

『でも、勉強は頑張ります。』

と、もう決意がびくともしない形となって、研鑽と挑戦は由里香の日常に、人生にしっかりと組み込まれている。それは周囲の人間にとっても同様で有るはずである。１月中旬より、幾つかの強烈な寒波が日本列島を駆け抜けた。由里香にとって辛い別れと、研鑽の充実感を残し、暦は新年の横須賀の早春を駆けていった。

『試験が終わり、今平穏な日々です。３月からまた、勉強が始まります。』

と、由里香のステータスレポートが２月初旬に届く。このシチュエーションも早、４年目を迎える。そのこと自体がもう奇跡の領域だと私は感じている。

寒暖の波を越え、桜がその美しさの佳境に入った。３月末の夜、１年と３カ月ぶりの衣笠の街に、由里香を訪ねた。駅出札口にもう既に由里香は着き、5分程待ってくれていた。

「還暦祝いです」

冒頭、彼女から渡されたのはユリの花束だった。今夜の会場は、駅前通りを渡り、徒歩3分程の小料理屋である。

親不知の抜歯を次週に控え、旺盛とは言えない食欲で有ったが、元気な由里香が80センチのテーブルを挟んで、静かに微笑む。

「来年以降の研修、とりわけ試験の合格率は20％で、考え直せとばかりの、説明会だったの……」

ライトグレーのタートルネックのセーターの由里香が料理のメニューから視線を私に戻し、第一声。

「ここで歩みを中止するつもりは無いのだろ?」

もう気休めや、ありきたりな慰めなど、一切する気も無く、由里香も望んでいないはず。

「やっぱり仕事しようかな……と、少し思ったけど」

日々の由里香の葛藤の大きさを、垣間見た気がした。私を含め、周囲の優しさや理解さえ、彼女の挑戦のストレスになっているはず。

「由里香は越えられる。その先の大きな夢が待っているし」

正面に座る由里香の瞳の光は勢いを欠片も失っていない。

「そうだね……。そう私、論文が苦手で、それをクリアしないと、資格認定が通らないの」

「由里香なら書けるよ、大丈夫」

本音で確信している。

由里香のパフォーマンスで確かに、物を表現する行為（話す、書く）はあまり器用では無い。が、それはそのまま真摯な、シンプルな言葉となり、相手の心に届くことを意味する。

「論文の作成は本気でフォローする。ここに来ての遠慮は逆に失礼だぞ」

念押しに、無言で頷く由里香。

「そう、麻衣子さんに手紙書こうとしたけど、書けなかった」

今夜は日本酒があまり進まない由里香。心中に、筑豊の麻衣子さんが有る。

「残念。麻衣子さんも手紙、受け取ったら喜んだのに。この夏こそ招待したいね」

決して社交辞令は言わない私の約束が増えた瞬間だった。

「綺麗な人なんでしょ、会えるといいな、凄く楽しみ」

「この間、由里香の半年遅れの誕生日プレゼント、ポートランドに買いに行ったんだ」

「うん……」

木目調の店内は意外と静かで、2人の会話が今夜はよく通る。

「ショップのお姉さんが、由里香のこと覚えていてくれて、親身にサポートしてくれたよ。話聞くと横須賀出身で、誕生日も由里香と同じ8月だって」

言いながら私は、恒例の紙袋を手渡す。

「そうなの、あっ、何かカードの様な物が入っている」

袋を覗き込む29歳の挑戦者。由里香との7回の春夏秋冬。それぞれの時の風景を彩った、ポートランドのシャツがメモリーBOXにしっかりと、それぞれの年の思い出と共に、収納されている。


もう1週間も経つと新学期を迎える。卒業論文がその先に待っている。急峻がいよいよ待ち受ける。その坂道に力む事も無く、自然体で入り込んだ由里香。超えてきた8年の月日の重さ、自信、手応え故か？　由里香の表情には多少の戸惑い、不安が垣間見える。当然である。

そんな苦しさを飲み込んだ上で、淡々と決意を固める表情に、この3年間の研鑽の過酷さと、それらを乗り越えた由里香の自信が漂う。

店を後に、衣笠駅に戻る。何時もの20時30分、丁度迎えに来てくれた、優しい彼氏と由里香に挨拶し、ＪＲ横須賀線で桜咲く、衣笠の街を北上、家路に着いた。

Second

２０１８年皐月、新緑の季節が駆け足で、横須賀を駆け抜けていく。すみれ色の雨模様。衣笠駅近く、コーヒーショップで研修内容の確認会を開催した。

「書店で昨日仕入れたよ」

前日、横浜ポルタ内書店で仕入れた、心理学学術文献を私は彼女に手渡す。受け取るパーカー姿の由里香はもう、すっかり研究者の顔になっていた。持参してくれた教科書をめくる。ＧＨＱ（太平洋戦争後の6年間、駐留した進駐軍）と、Ｄ・マッカーサー将軍の成した功績がきっちりと記載されている。激動期の東アジアにあって、本国アメリカに食料の確保を全力で交渉（説に、日本の人口をさば読み、余分に食料を支援させ、終戦直後餓死者が日本で出なかった大きな要因となった他、多くの功績がある）。かつて私も、近代史を研鑽していた時の懐かしい記述が点在する。もう4回生の研修内容は、私の想定を超えるレベルになっていた。

「今年からは由里香の論文のフォローが必須だな、サンプルはちゃんと作るから」と。

「是非、見せて下さい。参考になります」

いよいよ卒業への追い込みに入ったことを実感する。知人との会食時にふと言われた。

「森山さんは由里香さんの、どんな成長を願っているの？」と。

「由里香が教養を付け、さらに成長し、多くの人の悩みや、苦しみに寄り添い、手を差し伸べることが、自然に出来る人間に成長すること」

と言葉にすれば、このたわいの無い言葉で、終わってしまうのだろう。

ひとりの人間の大きな変革が周囲の人のみならず、多くの人やがて、その地域や国のしくみまで変えてしまう。サッチャー元英国首相が、同様のシチュエーションを格言として語っていたことは、世に知れた話で有るが誰しも、その一歩を踏み出せずにいる。この歩みを始めた時から、由里香はこの風景を見ていたのだろうと、思う。


「私、その色紙をずっと見ていたの」

8年前のその時、彼女が見た風景は「10年後の自分と周囲の人の姿か……」。

結果論では無く、進んできたこの道程が8年前に「一瞬に見えた未来の風景」に繋がっていることが、由里香を前に進めている、原動力で有るのだろう。

私が初期のマスタープランで、おぼろげながらデザインしたアウトラインにシンクロし始めている。いや、私が誘導している積もりでいた、初期段階から、由里香の中では彼女自身のロードマップと既に、シンクロしていたのかも知れない。その思いが日々強くなっている。

皐月から水無月となり、銀色のシールドが街を覆い、季節は確実に夏を迎える準備に入った。6月と8月、私と由里香が節目の年齢を迎える。常に42日のインターバルを挟み、互いの誕生日はやって来る。

この夏〜秋には「論文のテーマ」設定を由里香は開始しなければ、ならない。彼女からおめでとうメールが届く、6月19日還暦を迎えた朝であった。

『何時までも、元気で居て下さい。』

と、苦笑いしか無い。元気で居る事が大事且つ、ステータスになってしまう領域に入ってしまったのか……。

盆休みには麻衣子さんが九州・筑豊より、この地に訪ねて来る予定だ。年齢が近く、由里香も楽しみにしている様子。お世話になった、別の知人との会食時にも話題が自然と由里香の近況になった。

『私も由里香女史に会ってみたいな。少し私がお姉さん』と。

三重松阪の友人、ナイスガイ・藤尾君からも、近況の問い合わせがラインで来た。
『由里香さんの今後の成長と、活躍が凄く、楽しみです。』
と、笑顔添付。

由里香を中心軸にエールの輪が遂に１４００キロメートルを突破した。季節は7月を待たずの梅雨明けと、同時に猛暑の盛夏を迎えた。もう既に、由里香は多くの人のエールを受け、思いを受け、挑戦の人生を歩み続けている。眩いばかりの幸せの旋律が、それぞれの心に微かながらもしっかりと、響いているのかも知れない。前途の厳しさが有るが故に、そのプレリュードは確かな旋律となって、挑戦8年目の横須賀の熱帯夜にリフレインされていた。

Third

２０１８年、盆休みスタートとなる11日、雑踏の新横浜駅構内新幹線改札口、外国人の数が年々多くなるが、ここ新横浜駅も例に漏れない。多くの旅行客、帰省客が、新幹線下りホームへと向かう。昼を過ぎた12時32分着ののぞみに乗った麻衣子さんが、神奈川・横浜の地に降り立つ。筑豊・小竹へ出張訪問の都度、変わらぬ清楚な笑顔で迎えてくれた麻衣子さんを、新横浜駅にて待つ日が来る事の、不思議さを噛み締める。

合格率５〜７％、大学院のハードルが、由里香の行く手に現実の巨大な壁となって現れる。

『森山さん、私、入学さえ出来ないかも知れない。』

久々の不安な心中がメールで伝わる。

『これまでの軌跡さえ表彰状だよ。胸張って、臆せず歩を進めよう。』

とエールを送る。

「平凡な人生の私に、今の由里香さんに掛ける言葉が有りません」

と麻衣子さん。由里香の挑戦が無ければ、同世代とは言え絶対に実現しないコラボで有る。

「私、地元小竹からは、めったに外には出ないんです」と。

麻衣子さん決意の京浜ツアー。落ち着いた、シックな濃紺のシャツとライトブラウンのロングスカートが横浜の夏にフィットしている。博多人形を彷彿させる端正な出で立ちはこの地に有っても、光彩は一段と鮮やか。昼食を駅ビルレストラン街で取る。4時間半の新幹線の移動疲れも見せない。JR横浜線で横浜駅へ、麻衣子さんを誘う。福岡博多の繁華街のショッピングで、人混みに免疫は有る模様で一安心。

昼下がり横浜駅東口より、横浜港を巡航するシーバスは多少緊張感の残る、麻衣子さんを乗せ軽やかに出航。ベイブリッジを左にみなとみらい21（地区）やランドマークを右手に、赤レンガ倉庫や緑の山下公園を視界に捉え、氷川丸を右手にあっと言う間に山下桟橋に到着した。左手に横浜の街を半世紀以上に渡り見守っている、マリンタワーが出迎えてくれた。桟橋を渡り山下公園通りを横断する横浜観光スポットのメッカ。老舗ホテルの佇まいとレトロ基調の巡回バスのコラボが、ヨコハマの風景その物。

パノラマに広がった、もう見慣れた横浜の風景、海、街、丘がブレンドされた美しい景観をマリンタワー展望台から麻衣子さんは、掌をひさしにして眺めている。マリンタワーを後に、熱気と雑踏の中華街を抜け、夕刻の17時過ぎ石川町駅北口で由里香を待った。

Tシャツとジーンズのサマーバージョンで改札口に現れた、湘南ガール由里香と麻衣子さんが笑顔の対面。

「はじめまして中園です」

と麻衣子さん。

「こちらこそ、近藤です。森山さん、私の事良いことしか言わないし、書かないから」

笑顔の2人を誘い、再び中華街・萬珍樓へ向かう。「善隣門」付近は凄い雑踏だ。

一階生演奏のステージの左スポットで2人の笑顔が2018年、横浜の夏の色彩を煌びやかに、変えてくれた。

「大学院入試を1年待って、色々資格を取ろうと思っています」

もう、由里香の挑戦のステージはシリアス一色になろうとしている。そのダークトーンを麻衣子さんの笑顔と、互いの心からのプレゼントと萬珍樓絶品の玉子スープ、豚肉焼売、海老チリ、五目チャーハンがパステルカラーに変えてくれた。

軽口のエールなど一切無く、駆け付けてくれた麻衣子さんの心が由里香に静かに、確実に伝わった事が、帰路のガールズトークで垣間見る事が出来た。

「ここの月餅は絶品だよ」

由里香に比して、小食の麻衣子さんに夜のデザートを私はプレゼントする。石川町駅に戻り、隣の官庁街の関内駅へ。麻衣子さんの宿泊ホテルまで徒歩3分、ロビーまで見送り、またの再会を互いに約束した。1歳年上の麻衣子さんが姉で有る。

関内駅から根岸線で大船経由JR横須賀線の南下と、何時もと逆コースで、2人して家路に着く。由里香の挑戦を書き、人に伝える事で、笑顔の友情が、人生が重なって行く。急峻に挑む由里香に一瞬でも、安らぐ時を提供したかった。

横須賀線は夕闇の古都鎌倉市を通り、逗子の街を抜け、JR田浦駅に滑り込む。車中に由里香を残し、横須賀線久里浜行は、ホームを挟むトンネルに、吸い込まれていった。少し前に、由里香が私に語った今後の戦略が蘇った。

「私、まずは発達障害等の子のサポートをして、資格を重ねて行きたいの。今後いろいろ深刻な心配もあるけど……、いずれ私の希望は、少年院から出る子のケアをしたいの」

由里香が持つ、ストロングポイント。その圏で力を注ぐ事が、勝負をすることが、戦術の要諦で有り、由里香の思考回路は明晰である。

翌週、母親と一緒に富士登山の予定である事を聞いた。未だ、挑戦の頂きに向けたルートが確立している訳では無いが、由里香は確かな未来に向け、確実に一歩ずつ歩を季節ごとに力強くしながら進めている。

Forth

2018年年末29日、夕刻クリスマス寒波と年末寒波の波状攻撃に首都圏でもとりわけ温暖なこの地でも、息が凍り付く18時10分、久しぶりの金沢文庫駅改札口で由里香を出迎える。4年振りのオリンピックの様なインターバルですずらん通りに。1分強で左折し、公園を右手に懐かしの雑居ビルが左に、4階奥の「焼肉店味真（みじん）」のドアを開けて由里香を招き入れる。店の右半分はテーブルの椅子席で、オーナーは何時も最奥部を確保してくれる。今夜も例外ではない。

久しぶりの焼肉で、由里香の肉の好みも記憶の外にいってしまった。

「ロース好きだよね？」

勢いで彼女を横目に、オーダーをしようとした私に、

「私の好みは、タン塩」

と訂正が早速入る。やがて運ばれて来た、生ビールと新潟冷酒で乾杯。この8年間の奮闘を心から互いに労う。この1、2年すっかりシックなコーディネートになって来た由里香、冷酒が似合う年齢になった。焼肉は好物だが、キムチは若い時から口にしない。

「まずは仕事をして、資格を取得しなくちゃ。でもその前に卒業試験」

そう、もう来春は通信大学の卒業である。コンカレント・エンジニアリング、という言葉が私は好きだ。直訳は難しいが、同時並行で複数のタスクを進行させる事。由里香は、それを好まない。一点毎に集中して、一直線に山を越える。その連続だった8年の月日。

「未だ、色々障害が出てくるだろうけど、由里香はもう大丈夫だな」

リップサービスではなく、本心から私は今後に太鼓判を押す。勿論、今後の道の厳しさは承知の上である。

何時もの、新潟銘柄の冷酒とタン塩に気を良くしたか、パワーがさらに増したのか、

「うん、何が有っても。大変なこと、沢山有ると思う。でも、それも楽しみかな……」

力むことなく由里香が答える。真摯に自分と向き合い、幾つもの峰を踏破した月日が、また経験した修羅場の数々が由里香を強靭な且つ、しなやかな大人の女に変えていた。

「あ、ごめん。由里香は肉とお酒と、白ごはん一緒だよな?」

「うん」

4年振りの由里香とのテーブル席で少しずつ記憶が蘇って来た。

「昨日から食欲旺盛期間です」

マスターも微笑んでくれている。珠玉の時は瞬く間に過ぎ去る。

「マスター、今年もいろいろお世話になりました」

キャンディーを頂きながら、ドアの手前で私は年末の挨拶をする。

「彼女、相変わらず綺麗だね」と、

「マスター何時か、説明しましたよね。彼女でなく、娘です」

私は苦笑いをしながら店を出た。


雑居ビルを出ると、途端に寒波来襲中の冷気が、2人を迎えてくれた。

「自分の祖先は、中世の伊勢の国司北畠一族みたいなんだ」

前後の脈絡無しで私は由里香に話し掛けた。

「うん」

素っ気ない素振りも無く、黙って頷く。

「信念を持って、南北朝～室町時代の動乱の時代を生きた一族でね、南北朝時代の南朝の重臣で神皇正統記を著し、天皇に次ぐ高位の准后にもなった、北畠親房公が、遠祖みたいなんだ」

「………」

「その三男が伊勢の国司北畠顕能公で、その一族に森山一族がいるんだ」

コーヒーショップに入っても、我が森山一族ヒストリーは続く。

「父方の家系図でも、伊勢（三重県）から神戸へ出て来たことが記されているんだ」。暮れの「すずらん通り」は日本史探索通りに変貌した。ポーズでは無く、聞き入る由里香に殊の外、ロングバージョンとなった。


「畠っていう字、白に田でしょ。私、小学校の時親友が北畠さんだったの。可愛くて頭良くて、完全に突き抜けた子で、どこかに引っ越して行ってしまったの、でもこんな話、嫌いではないいな」

８年間の研鑽も有るが、由里香の元々備わった探究者としての素質が垣間見えた時だった。コーヒータイムも含め、意外な接点に暫し、寒気を忘れ、歩を金沢文庫駅の改札口に進める。余韻を楽しむ時間も無く、階段を降りていると、快速特急が下りホームに滑り込んできた。

「ごちそうさまでした、おやすみなさい」

ゆっくり挨拶をするタイミングを逸して、由里香を乗せた「快速特急三崎口駅行」８両編成は軽やかに、滑り出していった。

2日と3時間余りを残して、2018年は幕を閉じ、2019年が始まる。そして、いよいよ由里香がその春、通信大学を卒業する。翼を温め、時を待った鳳雛が今、大空へ飛び立とうとしている。はっきり分かった事、それは彼女のステージはもう、夢への挑戦では無く、実現の舞台に突入した事、そして、その事を、由里香自身が1番強く感じている。何も恐れていない。そして誰よりもそれを楽しみにしている由里香。心地よい満足感が静かに心を満たす。年末寒波はこの温暖で、風光明媚なこの街を、少しだけシックなトーンに変えていた。

Final

２０１９年2月20日19時18分、由里香からのＬＩＮＥが入る。南風が日本列島を吹き抜けた晩。

『試験、全て合格しました。最短の4年間で通信大学を卒業出来ます。応援、有難うございました。』

何時もの通り、シンプルなコメントだが由里香の喜びや、達成感が行間よりあふれる。

夢への挑戦を開始し8年と2カ月、本当に多くの人からエールと支援を受け、また由里香自身の想像を超えた、努力と精進によって挑戦の節目を刻んで来た、その歩みに対する１つの結果がここに、結実した。

この歩みが、地を這う努力と、地道な毎日の積み重ねで有ることを、それが人生を最高に輝かせる唯一の方途で有ることを、由里香は確信した。人の苦悩や思いも、理解出来る心のキャパが、日々広がりつつある。

由里香は能弁では決してなく、何時も多くを語らない。挑戦を開始して2年頃、普段のやり取りや細かい内容はかなりスルー。そしてラフな部分も有る。とても器用なタイプではない。不安感を抱き、半年なりのインターバルを経て課題を確認すると、驚く程の精度で、目標をクリアしている。それが何度か繰り返される内に、ある思いが浮かんだ。由里香はこの挑戦を十分理解しているのでは無いだろうか？　その思いは年毎に、大きくなっている。

＊　＊　＊

今から遡ること54年余、未だ戦後と言う時代、銀座近郊で開催された「原爆写真展」、私は叔母につれられ、その展示室に入る。「脳みそを吹き飛ばされた、赤子の写真」の前で時間が止まった。凄惨と言う言葉では収まらない姿が、写真のフレームの何十倍、何百倍の大きさで、私自身に迫って来た。写真の説明パネルでその赤子は、間も無く息を引き取ったと。

原爆投下した側の論拠の正邪は別として、戦争の事実、実態がこの写真に凝縮されていた。なぜ、この赤子はこの世に生を受けたのか？　生後何日か、何週間かでこの様な体験をして、その一生を終わらなければならなかったのは何故か？　叔母にもまた、周囲の大人にも質問をしなかった。その回答を所持していないことが、当時6～7歳の子供心にも分かったからだ。

この赤子の仇を取りたい。戦争の無い世の中を作り、この赤子に報いる。この事でしかこの赤子はこの世に生を受けた意味を見出せない。この時の決意が、今でも一片も欠ける事なく、心の中心にあり続けている。この挑戦を伴走する私の、本当の原点でもあった。

＊
＊
＊

異常とも思える暖冬の日々、特に南風が強く、午後は春一番の様相の2020年、2月22日、夕刻16時頃からかなり強い雨も降り出した。1年2カ月振りの慰労会はこれも何年振り？かの「串焼き屋まいど」である。京急金沢文庫駅改札口左側ケンタッキー前で、互いに傘を片手の待ち合わせは、従来の記憶にないシチュエーションとなった。

挑戦10周年&自身の退職慰労会のため、18時20分、待ち合わせ5分前にスポットへ。

「4～5日前から、天気が気になっていたの。予報通り最悪」

少しふくよかになった、一足早く来てくれていた由里香が歩み寄って来る。

「日頃の自分の行いの悪さが出たのか最悪だね。申し訳ないな」

私は謙虚に、金沢文庫駅山側構内エレベーターへと、由里香を誘う。

「足の調子が悪いの？　私は、階段大丈夫なのに？」

といぶかし気な由里香。

「え？　違うよ、まいどはこのエレベーター降りて15秒で入口でしょ」

もう半分苦笑いの私に、

「全然覚えていない、ひどいでしょ」と。

「はい、もう慣れました」

もう既にエンジン全開である。


エレベーターを降り、駅構内を途中の右折含み12～13歩で突き抜ける。小さな歩道を挟み、その左斜め前に「まいど」は有る。移転前からの贔屓の店で有る。何時もの様に満席の店内、1階フロア中央が本日の指定席。

「結局、お酒って言うのも何だから、花束にしました」

(酒でも良かったのに)

還暦祝いで、衣笠駅前で貰った以来の由里香から2回目の花束は、黄色い薔薇ベース。

「恒例のポートランドのボーダーシャツだよ」

半年遅れの、私からの誕生日プレゼントを対面の由里香に手渡す。もう歳は互いに言わない事が暗黙のルールとなっている。

「一昨日、福島に退職の挨拶に行ってきたんだ。薄皮饅頭他、入っているよ」

今夜は土産のおまけも有る。大人の女となり、流石に袋を開け、中身を確認する所作はしなくなった由里香は、紙袋をテーブル横のボックスに置くと、視線は店のメニューにも注がれる。大分器用になって来た。極上のサーロインと、しそ巻き、まいどサラダは事前チャージ、あとは、生ビールとお決まりの「新潟銘柄冷酒」をオーダーする。

「森山さんが退職の時、挨拶で彼氏の会社に送ってもらったメール、彼がプリントアウトして持って来てくれたの、嬉しい?って」

先週末で、26年余に渡る現行業務に私は、別れを告げた。

「結局、今週は家の片付けと取引先への挨拶で忙殺されたよ、由里香はどんな感じ?」

もうグラスを半ば空けている、由里香が答える。

「通信大学を卒業し、就活の途上で新たに3つの資格を取ったの。全部、関連だけど」

「すごいな、全部カウンセラーとしての、ステータスアップになるよな?」

約1年間のトピックは新鮮でもある。

「でもね、それが効果なし。希望の鑑別所のカウンセラーも1年限定が決まりなの」

厳しい現実の中、方向性を見失う事なく歩みを進める由里香。31歳、挑戦10回目の春である。

「アスパラ巻き」「手羽先」を肴に今度は熱燗を口にする姿の由里香をダシに、店の女の子にジョークを飛ばす。やがてタバコを吸う為、外に出た彼女の背中を追う。雨脚はだいぶ弱まったらしい。

日常生活の事などを話す。10年間、2人して、こんな会話をした覚えがないことに初めて気が付いた。

会話は、駅を跨いだコーヒーショップにも引き継がれる。

「今はそれどころではないだろうから、籍は入れないよって彼が言うの」

今夜の由里香の言葉はよどみが無い。彼氏との生活も由里香の挑戦が大前提として、その真ん中に存在する。

「それは、彼の優しさだと思うよ。本当に、待ってくれていると思う。だからこそ、確実に夢の実現へ道を拓かないといけないな。今年は全力で支援する」

私のこのコメントで、今夜の目的達成である。

その同居歴5年の彼氏よりのメールが由里香にきた。20時を20分回っていたが、予定時刻だ。

『北久里浜駅では無く、堀ノ内駅に迎えに行くよ。』

と。雨も上がり、風も暖かいのでバイクのリアシートの20分は心地よい筈だ。

「本当に、細やかな気使いが出来て、優しいの彼。基本、今に満足しています」

この安心感が、これからの由里香に絶対必要だと感じた。

店を出て、どこに行くか分からない由里香を先導し徒歩１分半の金沢文庫駅に戻る。

プラットホームの階段を下りていると直ぐアナウンスが有った。今夜は全ての舞台装置が、噛み合っている様だ。すべり込んで来た京急線、下り「快速特急三崎口行き」に乗り込む。次の金沢八景駅までは約80秒、私はそこで普通電車に乗り換える。

ロングシートに腰を下ろし、右隣の由里香に笑顔を向ける。

「由里香、この10年間、本当に、ご苦労様」

停車の為始まった、時速１００キロからの減速に身構えながら、由里香も笑顔を返してくれた。

「今日もいろいろと、ご馳走様でした」

由里香を乗せた、快速特急は金沢八景駅のプラットホームを瞬く間に後にした。

10年の挑戦の年月は、かしこまった挨拶や、イベント、在りきたりな回顧録や、涙さえも、不要品としてしまった。２０２０年は全ての駒を、動かす年にする。決意と感謝、そして、ある予感と、左手に花束を持って私は家路に着いた。

エピローグ

２０２０年3月2日、私はもう１つの行動を開始した。

そう全ての支援の駒を動かす。退職後のインターバルを利用して「原稿の精査」や「心理学や法規の研鑽」を開始した日、先ずこの「挑戦の10年」を出版社はどんな考察、評価をしてくれるのか、精査と原稿のまとめのヒントを得ようと、本当に気軽に「幻冬舎ルネッサンス新社」に書き掛けの「ドラフト原稿」をＷＥＢ送信した。インターネットで出版社の特性を20分程調べ、志向がマッチしていると感じたのと「書き掛けで可」が、動機で計画的な行為ではなかった。

（うまくいけば、今後のヒントが貰えるかも知れない）と虫の良い目論見だった。午後、法規の研鑽をする為、参考文献リストに目を通している時だった。

15時過ぎに携帯にいきなり連絡が入った。「出版部板原さん」からだった。作品の中身について30分程突っ込んだ話をした。もうかなり背景や内容を熟知していても出来ない質問の応酬だった。私は2月22日夜の「ある予感」の正体を探った。

１カ月後、北参道の出版社にて、担当編集者が紹介された。浅井麻紀さん、由里香と同い年の女性で有る。何故かスリムで長身の姿まで含め、確信が有った。由里香の心情や、私の行動背景等を浅井さんは、順次に濃密に理解していき「10年史の体裁と色彩」を見る間に整えていってくれた。2月22日の帰宅時の「ある予感」でこの流れも何となく意識の奥にあった。

この出版の行為も「全ての支援の駒を動かす」ことの1つとして由里香支援プロジェクトに組み込まれていたプログラムだったのかも知れない。

浅井麻紀さんとのやり取りをしていて、その感を強くしている。5月31日、13時39分、原稿の最終推敲時に私は自問自答した。「ある予感」のその後を。

あとがき　『26歳の1回生』を書き終えて

２０１４年。文中にもある様、ひょんな事からこの『26歳の1回生』を書き始めて6年、由里香の挑戦は10年を数える。未だ道半ばで有り、ヒロインが渾身の努力を継続している最中での振り返りも憚られるばかりで有るが、彼女の挑戦ロードに咲いた友情や、頂いたエール、ご厚情の数々が筆を進める原動力となった。拙い筆者の未熟な表現力では冷や汗もので、筆力の不足はご容赦頂くことを前提とし、本人や親類の皆さま始め、多くの関係者への感謝の意味も込めて、ここにシーズン1としての出版の運びとなった事を報告いたしたい。

また、挑戦ロードのオアシスの場となり、この物語の大事なスポットとなった、店名の表記を承諾して頂いた、「㈱スミノ」（ポートランド）、串焼き屋「まいど」、焼肉「味真」、豚カツ屋「勝」、「横浜萬珍樓」（敬称略）。

皆さまのご理解に心から感謝のお礼を申し上げたい。そして、この出版の端緒となり、熱い激励と共に背中を押して頂いた出版部の板原さん、絶妙な間合いで何時も、きめ細かい編集サポートをして頂いた編集部浅井麻紀さん他、「㈱幻冬舎ルネッサンス新社」の皆さまに、心よりの謝意を表したい。

最後に、この『26歳の1回生』に縁して頂いた、読者の皆様への感謝と、ヒロインの請願へ向けた、たゆまぬ挑戦への継続支援の決意を添えさせていただき、あとがきとしたい。

2020年 6月 森本 等

編集後記

まず、本書を手に取ってくださった読者の皆様に深く御礼を申し上げます。

原稿を最初に読んだ時、私は「奇妙な巡り合わせがあるものだ」と感じました。由里香とは同性の同世代。読み進めるごとに、〝普通〟とは異なるアプローチで困難な目標に挑戦していく彼女の姿に自分自身の人生を重ね、心に熱い気持ちを抱いたものです。

由里香と森山氏の10年間の挑戦を描くこの物語は、当初より、繊細な「ことば」の数々が淡く輝きを放つ作品でした。虚飾や誇張がない素朴な描写であるからこそ、読む人の心に深い感動を抱かせるのだと思ったものです。余計なスパイスを加えることなく、いかに魅せるか。一編集者としても、大きなチャレンジとなりました。そして、森本氏はこの作品を、私の編集者人生においても代表作のひとつとなるであろう名作へと昇華させてくれました。

末筆とはなりますが、この作品に携わることができましたことを、心より感謝いたします。

幻冬舎ルネッサンス新社　編集部　浅井麻紀

装画　石川ひかる

26歳の1回生

2020年10月21日　第1刷発行

著者　森本 等
発行人　久保田 貴幸

発行元　株式会社 幻冬舎メディアコンサルティング
〒151-0051　東京都渋谷区千駄ヶ谷4-9-7
電話　03-5411-6440（編集）

発売元　株式会社 幻冬舎
〒151-0051　東京都渋谷区千駄ヶ谷4-9-7
電話　03-5411-6222（営業）

印刷・製本　中央精版印刷株式会社
装丁　立石 愛

検印廃止

ISBN 978-4-344-93038-4 C0093
幻冬舎メディアコンサルティングHP
http://www.gentosha-mc.com/